歌集

草ほたる

菊地豊栄

目次

Ⅰ（二〇一二年〜二〇一五年）

Ⅱ　（二〇〇一年～二〇一一年）

草ほたる

I

跨線橋

跨線橋渡りつつ見る遠花火　うそ寒いよねプライドなんて

パンドラの箱を開けてもいいですか。こころ励まし長き返信《ふみ》書く

土屋文明《ぶんめい》の歌がこころに突き刺さる貧者の卑しさわれも醸せば

ラミネート・チューブの山葵絞り切り達成感に満たされてゐる

見頃だね。ぽつんと呟き離《さか》りゆくあなたは曼珠沙華は嫌ひか

言ひたきを言ひ得てのちの唐辛子ひりひり辛し三日間ほど

ブラックホールのごとき暗さに鉛筆の芯が灯《あかり》を吸ひ込んでゐる

すんすんと伸びつつ衣《ころも》を脱ぎ捨てて竹の子供が竹に成りゆく

余念なく網繕《つくろ》ひてゐし蜘蛛がわれの気配に死んだ振りする

本当は夜が恐いの。酢漿草《カタバミ》は葉つぱをそつと畳みつつ言ふ

自らを光ることなきお月様満ち欠けするもあなたまかせに

うねり串打たれ焼かるる若鮎の腹にかがやく塩のつぶつぶ

夏水仙するりと伸びて花掲ぐ胡瓜畑の脇の荒地に

明滅のひかりかそけし亡びにし氏《うぢ》の名を負ふ水辺のホタル

線香花火

菜の花の黄金《きん》にかがよふ波の間に虻は羽音と共に呑まれつ

この朝の僥倖《しあはせ》尾瀬の河骨《コウホネ》がテレビ画面の水面にひらく

渾身の力に脱けて翅広ぐ天つひかりに蝶となるべく

あまた咲くが汝《なれ》の今年の容《かたち》かと庭の椿の花群《はなむら》仰ぐ

目黒川の桜をテレビに観賞す　阿木津英師と樹下歩みき

本庄銀座に並ぶ店舗のシャッターが夕つひかりを吸ひ込んでゐる

新幹線本庄早稲田駅裏の大久保山に友と分け入る

透き徹る輪郭にして蟷螂の二糎余りの命息づく

射干玉は三千世界の色に染み天つひかりを返すことなし

ぐさぐさの杭を一本引き抜いただけかも知れぬ今に思へば

うんによーと伸びるが嬉し総ゴムの骨盤ベルトに守られてゐる

孤立主義・孤軍奮闘体裁の良き言の葉におのれ飾れば

姨捨山《をばすて》に一歩近づく夕まぐれ線香花火もたちまち爆ぜて

凶つ火

再びの宴《うたげ》なるべし犇いて曼珠沙華の青の群落

形成《かたち》さぬままにぐづぐづ蟠《わだかま》る不安を潰す具体策なし

神経を嬲《なぶ》られたりしか百合の花うすみどりなる香りを放つ

在り馴るるとなけれど凶《まが》つ火のことも恐るるままに折々忘る

手を汚すことなく過ぎし…そんな訳ないよねそんな訳はないよね

糸屑のごときが肩に纏《まつは》りて先づは一歩のその足縺《もつ》る

集落は薄桃色にふくらめり今しも昇る朝の日に照り

天秤棒《てんびん》に卑下と傲慢吊り下げてよつこらよつこら歩み来にけり

みどり色のレインコートのずぶ濡れの不安がわれに近付いて来る

メダカ飼ふ甕のカバーの金網に袈裟掛けにして蛇の抜け殻

東京の雀

電車より見えて眼《まなこ》に駆け登る高層ビルの非常階段

畑中にぽつねんと立つ一軒家車窓に現れ車窓より消ゆ

百円均一《ひゃくきん》のみどりの傘が百円の程なる分のひざし遮る

煎餅のかけらを撒けば東京の雀はわが立つ影に入りくる

身命を賭《と》して増税いたします。頽豊かなる総理の決意

世の中がどう変るともあからひく貧民われに係《かかは》りのなし

日を継ぎて電車に乗るは草枕旅にかも似て心どもなし

雨に濡れ膨れて匂ふ乗客を詰め込み夜の電車は走る

棒状の雨

獰猛なる獣《けもの》の腹に似る雲が御荷鉾《みかぼ》の山の空に屯す

曇天を引きおろしざまに降り出でてステンレス製棒状の雨

かき暗し日癖の雷《らい》の轟くも炎熱攫《さら》ふといふにもあらず

撲《ぶ》つていいなら撲つてやりたいこの暑さ埼玉県北炎熱の町

暑気払ふ嬉しさ夫に待ちてゐし仕事依頼のファックス届く

わが愚痴を聞きつつ育ちし娘らに今更ながらに申し訳なし

半纏おんぶに育てし長女が袋提げパンプス履いて今しお出かけ

筋を通すは己を通すに同じらし夫に子供に疎まれてゐる

扇風機は唸りながらに部屋内の飴色の空気掻き混ぜてゐる

赤裸々に

赤裸々に義父との金銭トラブルを綴りし漱石血を吐きにつつ

恥かきつ子なれば里子に出すべしの結論いたくすみやかなりしと

牡丹《ぼうたん》の種が頭をくっつけてどうしたものかと相談してゐる

朱子学かぶれの父にてありき不細工と吾《あ》を疎みしが若く死ににき

をとことは恐しきもの眉間なる皺に怯えき父に夫に

三十年ぶりに手にする『罪と罰』文庫本《ぶんこ》の活字が行く手を阻む

幾程の歩みなるべしかの日々のかの貧困の渦を離《さか》りて

命絶え面《おも》変りせしわが猫は獣の骸《むくろ》となりて横たふ

首輪外し毛布にくるみ埋めやりぬ机の窓の躑躅のそばに

健気なる貌に歩みて来る犬は犬であるゆゑ主《あるじ》を持てり

昨夜よりの雨に黄砂の洗はれて日輪光に屈曲のなし

キャベツ

ハルジオンの花を薙ぎ伏せ疾駆するクロネコヤマトの冷凍自動車

百グラムの泥鰌はボールの水に跳ね削る牛蒡のうまし香は満つ

剝ぐたびに手強き芯の現れてキャベツは生なる抵抗を見す

洗濯はよろしと告げて啓蟄の今日を寿《ことほ》ぐ気象予報士

「マジンガーZ」のゼットに力《りき》入れて唄ひながらに菠薐草洗ふ

にはとりの糞のちからに助けられデンドロビウムの日増しに太る

血液の検査日なれば夫を乗せ関口医院に車走らす

夫が残る場合に備へワクチンの入手方法なども書き置く

日本医科大学付属病院を尋ねしかの日の必死を想ふ

ドンと来る

「ドンと来るさう言ふもんさ」死を語るビートたけしはぶつきら棒に

さくら達が団子で寅次郎が串さう言ふ理解で良いのかどうか

覚め際の夢に現れきびきびと母は布団に綿入れ始む

俯きて見てゐし夜の畳の目貫はれゆくは嫌と泣きつつ

市村正親演ずる明智光秀の拳《こぶし》の震への他人事《ひとごと》ならず

カーバイトの匂ひと関東煮《かんとに》の匂ひ鬼つ子四歳泣きべそでべそ

蚊遣香の匂ひかなしも団扇もて夜通し扇ぎくれにし母よ

夾竹桃の咲けば林檎の皮剝けば肺病む若き母の浮び来

強情なるわれを案じてゐし母のその哀しみのおよそを理解す

母の身に起りし変化に思ひやる余裕なきまま母を苛《いぢ》めき

声荒げ執念《しふね》く昔を言ひ募り母を苛めき老い病む母を

峠をばこの世の際《きは》とは思はざり母を失ふ際の際まで

放射性物質

放射性物質滾《たぎ》る炉を抱へニッポン丸が座礁してゐる

神風の吹くべくもなし放射性物質ただよふやまとまほろば

メイド・イン・ジャパンがいいね大切の手紙は澱粉糊で閉ぢます

モデル嬢のやうに着替ふるスーチー女史貧民救ふと言ふはまことか

ネットとは誹謗中傷する世界なりと聞かさる近寄り難し

三角の眼をして怒るから嫌ひ。眼が三角は生れつきだよ

風邪癒えて視界定まるこのあした旅行先より戻る心地す

雷電さまも発ち給ひしか八雲立つ出雲の国の神の集ひに

波状攻撃

丹生神社《たんしやうさま》の杉の秀の辺に鳴き交す正月鴉の声の床しさ

普請中の丹生神社にお参りす平成二十四年元旦

枡目ごとに花鳥を描く天井を工事中なる窓より仰ぐ

緩急の波状攻撃凍て風は畑の土を飛礫《つぶて》となして

換気扇のカバーぱたぱた風に鳴り花粉警報発令中なり

上毛野君稚子《かみつけののきみわくご》なる大君の白村江の武勇偲びつ

白村江の負けの戦さのそののちの消息不明を今に哀しむ

眠りいます大君の名も知らぬまま登る墳墓に心つつしむ

草枕多胡の入野の奥に来て名物なりとふ蕎麦をいただく

七輿山《ななこしやま》古墳の葺石《ふきいし》踏みのぼり靴は古代の泥にまみれつ

万葉の歌はろばろしをみなごの機織《はた》る音かかそか聞え来

憶良の歌

妬《ねたま》しさに沈む心を励ますと憶良の歌を拾ひ読みする

還暦を過ぎての後の苦労をば旅人《たびと》に知りて憶良にも知る

千余年隔つも新し憶良大人《うし》詠みにし貧窮問答の歌

すべ無きは世の中の道かく詠みし憶良かなしも渡来びととぞ

うわあーと小さく叫びこの夜のこころを声に変換してみる

「悲しんでゐながらまもれ」この夜は犀星の詩に従ひ難し

風呂敷の結びがどうにも解《ほど》けないやうな怒りと思ひつつ怒る

浅間山に夕日は燃えつつ収まるも狗尾草の息づき荒し

間違つたつて平気さ心配いらないよ狗尾草をもてあそびつつ

車輌音背中に捕へつつ歩く狗尾草の茂る道端

竹吹く風

洪水に難儀したりし左千夫大人《うし》思ひつつ雨の業平歩く

唐衣着つつなれにし夫と来て建築途上の空の木《スカイツリー》仰ぐ

ダボシャツにステテコ定番スタイルの夫が竹吹く風を見てゐる

両輪の幅推し計る間もあらず南無三蛇を踏むは勘弁

バックミラーの中なる蛇はしゅるしゅると満天星《ドウダンツツジ》の垣の間に消ゆ

躓きて昨夜《ゆうべ》痛めし親指が今宵の畳を踏みかねてゐる

いいお湯を戴きました。身に余る幸せ家《うち》に風呂のあること

をさな子は川面に石を投げ遊ぶ夕つひかりをひとり占めして

痩せつぽの娘なりしが十三キログラムの男《を》の子を片腕に抱く

しつかりと大地に根を張る頼もしさ娘はただ今子育ての旬《しゆん》

鱗　雲

ホワイトハウスの空一面の鱗雲《うろこぐも》いくさの相談煮詰る頃か

ニュース画面の束の間にしてオバマ氏の右のてのひら生なまとせり

戦争を知らぬ男が活用の効果は戦意昂揚とぞ言ふ

投げられし石の痛さをその数を言ひ募りゐしわれかと思ふ

挑発とも思はざりしがおもむろに携帯メール一つ削除す

差別されゐし男が差別するドラマ簡明なれどもいたく平板

一日延しに躊躇ひをりしが訪ね来て花なき薔薇のアーチを潜る

一瞥に与《くみ》し易しと値踏みさる上り框に寝そべる猫に

あーあーと溜息混じりに長鳴くは大日堂の鴉なるべし

鷲掴みに臓物食《く》ひゐる鴉その無防備をわれに晒して

紺の作務衣

洗ひ晒しの紺の作務衣にサンダルの石田比呂志が暖簾を潜る

師の歌に出会ふ嬉しさ「風船が夜の畳に転がりている」

「浮く鳥は必ず沈む人は死ぬ」石田《いしだ》比呂志先生絶筆の歌

濡れたまま庇を借りたまま仰ぐ雲の切れ間の朱《あけ》色の空

親切にされると何だか不安です突つ支ひ棒が外れたやうで

朱色の物体として枝に垂る空き家となりし庭の柿の実

天離る四国愛媛の女童《めわらは》でありにしことも或いは夢か

鯖の煮付

小学校とふ檻の中なるかの日々よ小突かれ抓《つね》られ追ひかけられて

忘れ物をしたんぢやあない画用紙も筆も絵具もわれは持たなく

四十ワットのでんきの照らす卓袱台の鯖の煮付のうまかりしこと

振り仮名をつけるテストに間違へてそれより親し「歪」とふ文字

われに重ね納得するは哀しかり恐怖は人を縛る荒縄

新月の今宵がチャンス越え難き対人恐怖の堰越えんとす

オブラートに包む羞《やさ》しさドメスティック・バイオレンスなる流行《はやり》言葉の

空耳と知りつつ嬉しジャッジャッジャッと母が羽釜の米を研ぐ音

面会ですかと念を押されてたぢろぎぬ友を見舞ふと病院にきて

息詰めて癖文字矯正《なほ》すと綴れども右によろめき左に曲る

からす鳴く声も間遠き夕まぐれ三和土にしやがみ葱の皮剝く

死んでくれて有り難いねえなど言はれ送られたりしよ父なる人は

消極的自死望むかと見ゆるまで食の細きを父と記憶す

荒川の浅瀬に羽根を休めゐし渡り鳥はも追はれたりしと

母の牡丹

大光寺の植木祭りに買ひくれし母の牡丹が今年をひらく

世の為に大いに働き輔け合ふ大人になれよ野村大輔

大口をあけてじやわじやわ餌欲るも親ツバメ翔てばもそもそ静か

三つ栗の中に生れし陽翔《はると》はも目ぢから強き一年生なり

三番目の孫にも背丈を追ひ越さればばの残年いよいよ縮む

新中学生は自転車に乗り戻り来る袖口長きにハンドル握り

忙しなく中途半端に煮付けしが夫は旨しと蕗を喜ぶ

朝鮮人参漬け込む焼酎《さけ》の御利益にばばは頑張るまだまだ頑張る

脚気だと塞ぐ夫に年齢のせゐよと家庭医学書示す

棒切れを突いて河原に立つ夫「人」なる文字のかたちとなりて

いぢましく節約を言ひ墓参りするもランチに寄らずに帰る

染井吉野

染井吉野はお江戸の桜せっかちで目立ちたがりの男子《をのこ》なるべし

其の上の染井の在の産れとぞ江戸の桜の粋な散り際

満開の桜の下をゆく歩み囀る鳥の声を聞きつつ

唐突に末期《まつご》の貌の現れてわれは畳の上では死ねぬ

自分眼には優しく写る一枚を仏壇脇の箱に入れ置く

桜咲く樹下に仰ぐ空青し何の鳥かもついと横切る

鳥除けの仕掛け施す電線に夕焼雲が絡まりてゐる

既視感に導かれつつ歩みゆく首都圏郊外私鉄駅前

四つ程駅を乗り換へ辿り着くトトロ住むとふみどりの町に

狭山市はトトロゆかりの森とこそトトロ捜すも森見当たらず

裾の辺に欅若葉を戦がせて高層ビルがのけぞりてゐる

漏斗状に枝を広げて若葉なす欅が雨を吸ひ込んでゐる

底無し沼

神出鬼没に安倍さんテレビに現れてせかせか喋る大丈夫かなあ

欺かれゐるのだらうか戦ひの底無し沼に沈む気がする

飛行物体の少なき空を当然と思ひをりしよ危機意識もなく

だからと言つてどうすればいい本当の本当なんて分かりつこない

剪口をあらはに見する冬公孫樹徒手空拳の強さに立てり

最上川の畔にひとり立つ茂吉かの戦争の点景として

カップ入りミニ納豆をかき混ぜつ六十九歳の茂吉思ひつつ

上つ毛の国と武蔵の国つなぐ橋掛け替へのニュースに昂ぶる

間延びする口調に広報塔は告ぐ八十五歳の嫗捜すを

四ッ谷左門町

霞ヶ関ビルが日本一目指す日々を邦文タイピストなりき

鮟鱇を吊し切りする店ありきこの四ッ谷左門町路地のどん突き

文学座の稽古場ありきデビュー時のザ・タイガース住むアパートなども

昼休みに仲間と飛ばしたシャボン玉お岩稲荷の屋根なる方へ

吊り革と呼ぶのかどうか乗客が縋る把手のやうなさんかく

壮《さだ》過ぎし優しさ纏ふ君の声聞きつつ街路の雨を見てゐる

わが夢は猫の尻尾のやうなもの夕かげろふの小径に失せつ

肯《うべな》ふとなけれど辛《つら》しラスコーリニコフもスメルジャコフの場合も

額衝きて助けたまへと祈りにきソーニャの不幸にわれを重ねて

うしろ指差さるる痛さ恥づかしさ背中は今も憶えゐるらし

真青《まつさを》に伸びて頼もし半夏生《はんげしやう》雨降り来れば雨降り払ふ

新しき職場に働く長《をさ》の子の祝ひのスーツを夫と選ぶ

屋久島の渓に拾ひし木の枝を陽翔はわれのてのひらに置く

母の声する

ブランコは母を待つ椅子押し寄する夜の暗さを足に蹴りつつ

見透かされゐるを承知に慎重に鰺の骨抜くごとく物言ふ

われらとふ言葉に括ることのなし潔しとも思ふならねど

母の死を以て消滅することの例へば凶つ子であることも

斎場のプランに従ひ別れにき大好きだつた母ちやんなりしに

孫や曾孫《ひこ》の笑ひ声もて送りしが母は喜びくれただらうか

五回目の送り火焚くも「ここにをる何処へも行かん」母の声する

身を捩《よぢ》り泣きに泣きつつ故郷《ふるさと》を恋ふる日ありき　五十年経つ

八堂山《はちだうやま》より眺めてみたし鯛に似る小島が瀬戸の海に浮ぶを

潮風に吹かれながらに歩みにき鼻緒の切れた下駄をぶら下げ

「赤茄子の腐れてゐたる…」忘れたきことは忘れて歩むほかなし

心とふ訳の分からぬ昧《くら》きもの抱へてひとり歩みゆくべし

プレス機に挟まれ圧《お》されてゆくやうに真つ暗闇に押し潰さるる

けんけんぱ

けんけんぱ　けんけんぱつぱ石蹴りの石を追ひかけ　けんけんぱ

石ころは転がりやすし蠟石に描く陣地をいつもはみ出す

蹴飛ばした石がひよっこり目を覚し何やら御託を並べ始める

チューインガムを買つて欲しいとせがみにきかのターザンが英雄の頃

秩父嶺をさして伸び行く航跡の雲が一緒においでと誘ふ

ヘリコプターのプロペラ音に足元を攫はれタンポポ踏みさうになる

神流川《かんながは》は鉄穴川とぞ鶏が鳴く東《あづま》の歌の産《あ》れし国原《くにはら》

赤城嶺を父と仰ぎて産鉄に励みたりしといにしへびとは

神流川の堤に立てば小春日に照る赤城嶺の全容の見ゆ

石つころだらけなのです勅使河原《てしがはら》神流の川の申し子なれば

野見宿禰

幻灯にかのピカドンを見せられき七歳なりしが今に恐《おそろ》し

みんしゆしゆぎこそ大切と教はりき幻灯映すお兄さんより

弱虫と囃されたりきピカドンが来ると怯えて泣きつつをれば

平成二十六年の夏外苑の日本青年館に集ひき

無力なるわれにてあれど大切の集ひに祈る永久の平和を

野見宿禰《のみのすくね》は角力の勇士尊《たつと》きは人の命と説きし人なり

地球なる丸い世界に住む人ら集ひて円い土俵に競ふ

Ⅱ

武蔵野

海潮の響くことなし武蔵野は欅大樹の統《す》ぶる国原《くにはら》

吹き降りの雨はやしろの欅木《けやきぎ》を隈なく洗ふ稲光りしつつ

古今亭志ん生ゆかりの谷中墓地下れば正岡子規の庵あり

「をと、ひのへちまの水も取らざりき」空涙無用に候とぞ

鳩をらぬ歩廊明るし電光の案内仰ぐ赤羽の駅

踏みごたへ無きほど泥に汚れゐしかの地下道よ歩廊の鳩よ

警笛を鳴らし列車の過ぎゆけり忖度無き風少し残して

現身《うつしみ》にあらざる人も混じるべし夜の歩廊の人影淡し

身を捨ててこその瀬もあり蔦かづら這ふモルタルの壁に日は差す

草ほたる

戯れにお尻叩けばうほほほと母は笑へり厠に誘《いざな》ふ

朗らかにデイサービスに通ふ母欠勤してはならぬと言ひつつ

預けゐし荷物頂く如くにも母連れ帰るケアセンターより

穿かせても穿かせても脱ぐ紙パンツ母さんお願ひ今夜は穿いて

なぜ穿いてくれないのかと声荒げ尿《ゆまり》の匂ふパジャマを脱がす

果てのなき旅に疲るる心地せり汚るる母を拭《ぬぐ》ひてをれば

人形に添ひ臥す母を覗き込みわれも寝に就くあかりを消して

草ほたるほどのかそけさ暗闇に座れる母の身じろぎの音

八重葎蔓延《はびこ》るごとし終日を母が家ぬちをぐるぐる歩く

吾を産みしことも忘れしたらちねの遊ぶはこの世の浄土なるべし

カンナ

くれなゐにカンナ咲き出づ極りて紅《あか》きは黒と詠みし茂吉よ

ベランダの犬用蚊取線香のけむり目に染む夏がまた来て

泰山木の葉に降る雨の音ありき「三年用日記」捲りてをれば

夢の世を翔《かけ》るごとくに過ぎ行けり蛇は日差しに乾く路上を

ナイフもて紙切り裂けばまさやかに二枚となりて共に華やぐ

蔑《なみ》さるる程に値打のある筈もなくてざくざく湯漬搔き込む

己が血は己が血をもて濯ぐべし夏風邪に臥す夢に聞え来

布団叩く音は布団を離れゆき真澄の空に吸ひ込まれ行く

なまよみの甲斐の露けき葡萄食む雨の雁坂峠越え来て

塩山とふ町に降り立ち信玄公ゆかりの寺の老い杉仰ぐ

母の姿捜しあぐねてこの度も本庄警察署にお願ひす

頭の中は真つ白のままあてもなく車走らせ老い母捜す

パッシングされふためきて発進す　信号は青　青だ確かに

ＣＴ検査

ＣＴ検査終へて夫が行く「松屋」松屋はお酒を飲ませる処《ところ》

一族の系譜図すらも酒に替へ飲み尽せしとわが祖父与平は

しつかりと押へてゐたのに吹つ飛んだ怒りの蓋が見当らないよ

六でなし七でも八でもない話病《やまひ》なる身を何処《いづち》に遊ぶ

流し台の縁を摑んで立ち上る泣いてゐたつて仕方なければ

おのづから治まりゆくを待ちをれば怒りは涙となりてこぼれつ

枯れきらぬままに散り来る公孫樹の葉いたく匂へりわがてのひらに

栗の葉が風に煽られ一斉に鳴る音軽し霜月晴れて

粗相せぬやうに這ひゆく犬の腰支へながらに涙こみ上ぐ

慕ひくれし犬死ににけりこの犬の使ひ古しの毛布の上に

わが犬の食の細るを放置せり歳晩歳始の事に紛れて

鎖もて汝を繋ぎし歳月を思へば苦し打ち消し難く

布団干し終へてしばらく立ち尽す犬の匂ひの残るベランダ

問うて安らぐ

われとわが身の安けさに八十《やそ》余り六つなる母を他人《ひと》様に委ねつ

老耄はこころを病むに似てさびしアルツハイマー症は尚更

何もかも忘れてしまつたお母さん忘れたくないこともある筈

哀しみの澱《おり》のごとくにうづくまる母を促し足の爪截る

わが顔を忘るる筈の無き母と思ひつつ問ふ問うて安らぐ

施錠するドア見て立てば湧く涙泣いてはならぬと思ひつつ泣く

洗濯物の籠を抱へて戻り来る己が都合に生きゐるわれが

ドアノブの並ぶ廊下の突き当り右に曲れば霊安室あり

夕光を湛へ鎮もる潦《にはたづみ》 母捨てて来しわが目に眩し

井戸端に語らふ如くに垂れ流すテレビは殺戮現場の写真を

素人芝居の台詞にも似て寒々し国会議員が人権語る

犇いて韮の花群うち騒ぐ墓へと続く一本道に

それぞれに水の溜りを跨ぎつつ葬りの人の列の過ぎ行く

小綬鶏の鳴く声聞ゆ雨戸開け一番星を眺めゐる時

人形

六年余通ひ介護を戴きし施設に母の入所の決る

人形を抱いてベッドに正座する母が拘束服を着てゐる

折れる程身体《からだ》を曲げて礼《ゐや》なせり口元固く閉ざして母は

束の間を人間世界に端居して逝くべし母も子であるわれも

支柱なくば姿《なり》を保てぬ黄菊《きなぎく》のひとつ咲き出て二つ目も咲く

衰ふるままに蔓延《はびこ》る白粉花《おしろい》の葉むらが中の菊の黄の色

草叢に鳴く蟋蟀の声寒しわれ呼ぶ母の声にかも似て

もういいか。もう充分にいいんだよドライアイスのやうに失せたし

連結を離れて一つ車輛あり車輛は窓も扉も開けて

車椅子

運命と思ひ定めて立ち上がる今日こそハローワークに行くと

五十八歳なのねと娘が覗き込む求職票に書き込みをれば

事務長は介護精神説きてのち売上目標達成を告ぐ

老人《おいびと》の病み臥す家の仄暗し木戸押し開き庭に入り行く

池に張る氷をバケツの底に割り水汲み上げて汚れ物濯ぐ

車椅子の操作も上手く出来ぬかと受付係がわれを見てゐる

車椅子押しつつ渡る交差路に二月尽日吹く風ぬくし

てのひらに緋色のメダカ掬ひ取り物体として水中より上ぐ

昨夜《きぞ》よりの雨降り続く寒き朝病む老人《おいびと》の家より戻り来

鶏頭

独り居の老いに米研ぐ夕窓に音伴はぬ稲妻走る

青葱は茄でて酢味噌に筍は御飯に混ぜて出すことにする

穏やかな寝息確かめガスの元栓《せん》閉めて戻り来老いの家より

鶏頭のくれなゐ深みゆく旦《あした》死ぬるは浄罪するに同じか

鴇色の褪せゆく空に横ざまに這ふは浅間山《あさま》のけむりなるべし

高遠のコヒガンザクラ見するとぞ母連れゆきしかの日も遠し

不可解の極みのごとくに思ひをりし夏目漱石この頃親し

「死ぬならばふるさとに死なむ」晩年と言へども啄木二十六歳

申し訳無きことなれど衰ふる母を施設に預け働く

青濁る御陣場川の生臭し桜はなびらあまた浮きゐて

大腿骨の付け根傷《いた》めし母なるも手術叶はぬことを告げらる

銀髪の首すぢ寒く眠ります母はベッドの柵に繋がれ

母の手の宙まさぐるを握りしむわたしはここよと声を掛けつつ

膝掛の縁かがりつつ老い母の手術叶はぬことをかなしむ

砂袋

「幸せな家庭」を訪問することの少なしホームヘルパーの場合

ロシア文豪の言の正しさ幸薄《さち》き家庭に千別万別のあり

左半身不自由老翁《ぢぢ》の激怒癖わが心臓に害を及ぼす

尿匂《しと》ふ老のうしろに回り込み皺皺のお尻タオルもて拭く

恙なく仕事を終へし有り難さ銘じながらにエプロン外す

砂袋投ぐるごとくに身をなげて夜の畳にしばし転臥す

雪湿る土擡《もた》ぐるは水仙の新芽なるらし老い人の庭

刈り草の匂ふ朝道光淡《かげ》しわが踏む砂利の音のかそけさ

瀬戸内の夕日遥けし虹色に輝く鯵の腹に刃を当つ

膝の上に涙を落す長の子に掛けやる言葉を捜しあぐねつ

豆放るわれとその豆齧る猿しばしの時を分かちあひつつ

空色の小花地面にきらきらし日向《ひなた》恋ひつつ歩み来たれば

家猫を叱る夫の声痛し机に向かふわれの背中に

振出しに戻るつもりの無い賽を夜の畳に転がしてゐる

伊香保なる湯を愉しめり六十歳《ろくじふ》に二つ余れる身体《からだ》平べて

添ひ来る影

子供らに捨てられたんぢや此処はなう姨捨山ぢやー然うかもしれぬ

雪深き越後の村より来し媼《おうな》田圃に映る月が見てえと

夜すがらを風音寒し艫綱を解かれし媼ら眠るホームに

年老いて施設に暮すさみしさを嘆くな媼《ばば》よわが母然り

点滴の液洩れあとの酷《むご》き腕伸ばしわが腕鷲摑みにせり

賽の河原に石積むごとし夏真昼嫗の背中をしやぼんに洗ふ

しわしわのおつぱいぷあぷあ漂へりさざれ波立つ昼の湯船に

風だつて寂しいんだよ余所者さ黙つて通り過ぎて行つたよ

死ぬるとは寂しかるべし惻惻と添ひ来る影をわれは知らねど

職辞して後のこもごも想ひつつ仰ぐオリオン星座が滲む

耳掻き

耳掻きを取り出し母の耳を掻く窓辺に車椅子を押し来て

耳たぶを引つ張り過ぎて「痛いが」と母に叱らる何時ものことに

一つ匙にアイスクリームを母と食ぶ紐に吊せる風船見つつ

楠の風にうねるを見て立てり母の小さき肩に手を置き

砂利道の砂利一斉に立ちあがる山の端に入る夕日に向かひ

互みなる嘴《はし》打ち合へる音響き二羽の鴉の縺れつつ落つ

戻り来て手を洗ふ時母の子であるわが顔が鏡に映る

団欒とは仲良き夫婦を軸となし回る木馬のやうなものらし

注文を貰へぬままに戻り来し夫の靴を春の日に干す

人間の世に生れ来しみどりごが湯に浸されて欠伸をなせり

末の子の持ち来し鮒の甘露煮を噛みしめ噛みしめ惜しみつつ食ぶ

庭薔薇

拘束用ベッドに仰臥する母が柵の隙間ゆ手を泳がする

心剝《はが》すごとくに母の手を離す母さんごめんと胸に詫びつつ

海棠の花咲く窓のカーテンを閉ぢて夫の検査に向かふ

烏川を指して流るる神流川ダムに堰かれていたく痩せにき

どの花も虫に食はるるなりに咲き雨に散りゆくわが庭薔薇《さうび》

塩に揉むゴーヤ香に立つ夕まぐれ地獄の町名変更届く

サービスエリアを照らす灯《あかり》を照り返し墓石が闇に突つ立つてゐる

感情は夢の中にも毳立ちて醒むればかそか嘔吐感あり

偕老の契りなるべし今月の医療費伝票ホッチキスに止む

青大将

仰向けに落ちたからには油蟬死ぬしかないよ乾《から》びながらに

照りながら降る雨微温し殺虫剤撒くわが腕にほたほた染みて

地縛《ぢしば》りが万策尽きたと言ひながら道路の端にへたばつてゐる

この土地の青大将《おやぶんさん》に挨拶す今年は玄関先の路上に

ぼつさりと庭に佇む鶏頭の花は戦ぐと言ふことのなし

気力体力萎え衰へてへたり込む如く辞めにき介護の職を

心閉ざすままに介護の仕事せしわれに実りのある筈のなし

六十三歳迎へて仰ぐこの夜は月が半分捥ぎ取られてゐる

佳宏思へば

前を行く自動車《くるま》が落葉巻き上ぐる見つつ走らす佳宏のもとに

笑ひ皺の優しかれども眼のひかり澄みてぞ深し常にも増して

片肺の息衝きなれば苦しとぞ凭るるままに浅く咳《しはぶ》く

持ち行けと包みてくれぬ佳宏が自慢の畑つ物なる芋を

佳宏のもとを罷りて眼に広し利根の川面は冬の日を容る

喉頭結核に倒れし長塚節《たかし》むらぎもの心はふたぐ佳宏思へば

鍬捨てて生きたかりしか玉鉾の道問ふ君と頼みをりしに

霙降る妻沼の空を渡るらし佳宏大人《うし》は煙りとなりて

双六遊び

雨しぶく庭砂利寒し二階より「雨夜花《ユイイエホア》」唄ふが聞ゆ

马马《マーマー》になりたしなれる筈もなし夜勤に向かふバスを見送る

木の暗《く》れの繁りが中ゆ鳴きのぼり雲雀は霧降る空に紛れつ

故郷《ふるさと》の燧《ひうち》の灘の潮風が刻みし皺か母の頬撫づ

故郷と言へどもわれのものならず双六遊びの旅にしあらねば

黄金《きんいろ》のネクタイ締めてジパングの総理が民の竈を憂ふ

三十一歳のお誕生日おめでたう離れ住む子の幸せ祈る

中学生に混り土産の麩菓子買ふここは川越菓子屋横丁

家光公ご生誕なるおん部屋を突つ立つたまま覗くご無礼

ご威光の名残の風か喜多院の渡り廊下ゆ流れ来にけり

蟬声の沸き立つ杜を歩み来て朝日輝く陸橋渡る

踏まるるを戦術となしはびこれる大葉子のその繁栄を踏む

大葉子の茂る草叢歩み来て靴にまみるる種を払へり

吸殻が必要以上に潰されて灰皿の底にめりこんでゐる

地獄、餓鬼、畜生、修羅の人間《じんかん》にもとより転生願ふことなし

われを蹴る靴底顕《あらは》に見えながら声にはならぬ声に目覚めつ

母の枕辺

ベッドより離れし束の間命絶ゆ母はひとりにゆきたかりしか

震へ止まぬわれとわが身を抱き締むる命絶えにし母の枕辺

偽《いつは》りの戸籍ひとひら遺し置き母はするりと失せてしまへり

南無大師遍照金剛……哀しみの壺なる赤子産みしたらちね

薄埃《うすほこり》纏ふさみしさ手を繋ぎ母とわれとが遠離りゆく

尻ざくまいの為にと母が溜め置きし襤褸現るダンボールより

糠漬の茄子の紫紺の嚙み難し母いまさぬに慣れゆくわれか

トランペットの音色の夜毎聞えしは何処《いづく》の町に住みし頃にや

烏瓜の蔓巻きのぼる枯れ竹に昨日に続く今日が来てゐる

過去形

新宿の地下の通路を出で来れば靖国通りに夜が来てゐる

騒音を肥料《こやし》となして太るらし銀杏はあまた楚《すはゑ》はぐくむ

翼《つばさ》 強きが先頭を飛び二番手に首領《かしら》を据ゑて北に帰ると

薄情も情のうちなり妙義山冬の夕日をずるり呑み込む

この朝も母に叱らる「けむたいが　うちは線香なんか好《す》かんが」

過去形に母を語りてゐるわれの屈託の無き声に驚く

写真なる母と一緒に善光寺さんに詣でつ四国の兄と

淡雪の降るに濡れつつ振り仰ぐ信州信濃の善光寺さんを

あとがき

この歌集は、『真鍮の花』に続く第二歌集です。五十五歳より七十歳の現在までに詠んだ歌を収めました。
Ⅰ章には最近（二〇一二年〜二〇一五年）の歌を纏め、Ⅱ章には二〇〇一年より石田比呂志先生が亡くなられ、「牙短歌会」が解散する二〇一一年頃までの歌を制作順に並べました。

私はＮＨＫの通信講座を経て四十三歳の時、「牙短歌会」に入会し、石田比呂志先生、阿木津英先生のご指導を仰ぐ幸せに恵まれました。

現在は「作風社」に所属しております。

又、小さな集まりですが、十一年前に立ち上げました「如月短歌会」でも、熱心な仲間に恵まれ、楽しく勉強を続けております。

これも偏に「作風社」代表であり、埼玉県歌人会会長の金子貞雄様、埼玉県歌人会理事の皆様、更には「作風」むさしの支部の皆様によるご指導の賜物と、心より感謝致しております。今後ともよろしくお願い致します。

この歌集を出すにあたりましては、金子貞雄様や現代短歌社の道具武志様はじめスタッフの方々のお世話になりました。有り難うございました。

二〇一五年八月三〇日

菊地豊栄

略歴

1944年　愛媛県に産まれる
1987年　「牙短歌会」入会
1990年　「牙作品賞」受賞
2000年　『真鍮の花』上梓
2004年　「如月短歌会」発足
2012年　「作風社」入社

現在
「作風社」会員、「如月短歌会」運営
埼玉県歌人会理事、日本歌人クラブ会員

歌集 草ほたる　　作風叢書第148篇

平成27年10月10日　発行

著 者　菊 地 豊 栄
〒369-0311 埼玉県児玉郡上里町勅使河原1128-5
発行人　道 具 武 志
印 刷　㈱キャップス
発行所　**現 代 短 歌 社**

〒113-0033 東京都文京区本郷1-35-26
振替口座　00160-5-290969
電　話　03（5804）7100

定価2500円（本体2315円＋税）
ISBN978-4-86534-122-5 C0092 ¥2315E